VIOLANTE

MARYLINE DESBIOLLES

VIOLANTE

ILLUSTRÉ PAR LAURIE LECOU

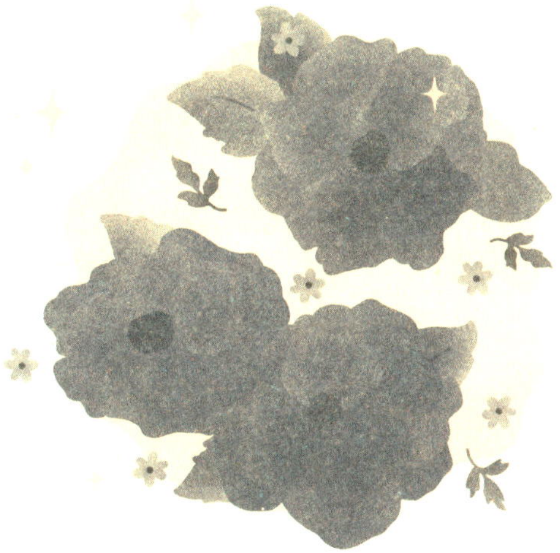

l'école des loisirs
11, rue de Sèvres, Paris 6e

Loi n° 49.956 du 16 juillet 1949 sur les publications destinées à la jeunesse : mai 2021
Dépôt légal : mai 2021
Imprimé en France par Aubin Imprimeur à Ligugé

ISBN 978-2-211-31086-4

À LUCIE

LA TACHE ROUGE

1

Elle nous faisait peur.

Ce qui ne nous empêchait pas de nous moquer d'elle. Bien au contraire. Nous nous moquions d'autant plus de Violante qu'elle nous faisait peur.

Elle s'appelait Violante.

Elle avait débarqué dans notre classe, la classe des grands de la petite école, quelques jours après la rentrée. Je me rappelle bien son arrivée au début de l'après-midi, dans les premiers jours de septembre, il faisait encore très chaud. Tellement chaud que je sommeillais à demi, si bien que je me suis demandé par la suite si je n'avais pas rêvé l'arrivée de Violante. Tout était irrégulier dans son arrivée. La rentrée avait eu lieu quelques jours plus tôt, Violante ne se présentait pas le matin mais au milieu de la journée. Le maître cependant était très gentil avec elle, presque trop. Tout était irrégulier, sa coiffure par-dessus tout. Sa tignasse noire, en bataille, qui, bien que rabattue sur son visage, cachait mal une grosse tache sur sa joue, large comme la paume d'une main, et pourpre. Une *envie*, comme ma grand-mère me dit que la tache s'appelait. Une envie qu'aurait eue sa mère lorsqu'elle était enceinte de Violante. Une envie, ou une frayeur telle que sa mère se serait flanqué la main sur la joue. Les explications de ma grand-mère étaient presque aussi effrayantes que la tache. Pas même née et soumise aux humeurs de sa mère et, pire, à des forces incontrôlables, on l'avait échappé belle. Nous aurions été prêts sans doute à plaindre Violante. Mais Violante ne voulait pas être plainte.

En ce début d'après-midi, toujours d'été malgré la rentrée des classes, le maître demanda à Émilie qui était à côté de moi de bien vouloir laisser sa place à Violante. Émilie se retrouva près d'Alicia, laissée seule jusque-là car trop agitée. Ce déplacement provoqua quelques chuchotements indignés que le maître fit taire rapidement. Violante était à côté de moi. Je ne sais pas pourquoi le maître me choisit pour être sa voisine de table. Peut-être parce que j'étais une bonne élève et que je ne faisais pas d'histoires. Peut-être parce que le maître considérait que Violante n'avait pas besoin *en plus* qu'on lui fasse des histoires.

Nous aurions été prêts à plaindre Violante, mais Violante ne voulait pas être plainte. Au début, nous lui posions des questions, elle ne répondait pas, elle nous lançait des regards noirs derrière ses cheveux ébouriffés.

Ses yeux étaient à l'orée de la forêt obscure de ses cheveux.

Au début, nous lui posions des questions mais sans gentillesse aucune. À la vérité, nous la pressions de questions, par curiosité, par jeu, et je n'étais pas en reste. Sans doute lui en voulais-je un peu pour Émilie, même si elle n'y était pour rien. Violante ne nous répondait pas, elle nous repoussait comme elle pouvait. Elle faisait des gestes bizarres pour nous tenir à distance, marmonnait des paroles incompréhensibles, des souhaits de malheur aurait-on dit. On ricanait mais on se méfiait, on avait peur. On se tenait loin. On lui lançait de loin des moqueries. Sur ses vêtements passés de mode, ses cheveux mal peignés, sur l'envie pourpre qui tachait son visage. Il arriva que l'un d'entre nous l'appelle Peau-Rouge, ce qui nous fit beaucoup rire, nous tous, filles et garçons, à la récréation du matin. À notre surprise, Violante rit avec nous. Et son rire nous imposa le silence. Son rire nous en imposa. Le surnom lui resta. Peau-Rouge. Mais aujourd'hui en moi-même je l'appelle Violante, par son prénom de naissance, j'ai honte de l'avoir recouverte de moqueries avec les autres, de l'avoir recouverte d'une peau rouge comme d'une peau d'âne, et pendant longtemps de ne même pas l'avoir regardée.

2

On l'appelait Peau-Rouge. On disait aussi de Violante qu'elle était une sorcière. À cause de sa tignasse, de la laideur de la tache sur sa figure, et plus encore des gestes mystérieux et des formulettes dont elle s'était servie pour nous repousser. Sorcière. À cause de l'étrangeté de l'endroit où elle habitait, à la sortie du village, sur le chemin de la colline. On ne savait pas d'où ils venaient, son père, sa sœur aînée et elle ; ils avaient loué une maisonnette qu'on n'avait jamais vue habitée jusque-là. Une maisonnette un peu décrépite, un peu à l'écart, là où le village ressemble encore à ce qu'il avait été, avant que la ville proche ne commence à le rattraper, voie rapide, immeubles et supermarché.

L'allure du père de Violante n'avait rien pour arranger les choses. Il était mal accoutré, très maigre, on aurait dit un grand échassier, avec un long visage mangé par une vilaine et longue barbe clairsemée, déjà poivre et sel comme ses cheveux bien qu'il n'ait sans doute pas quarante ans. La sœur aînée était très discrète, elle allait au lycée de la ville, on l'apercevait parfois qui attendait le bus. De mère, il n'y avait pas. De mère, on n'avait jamais vu. Et c'était là sans doute le plus étrange. On ne connaissait pas d'autre enfant dans le village qui vivait sans sa mère. Violante vivait avec son père et sa sœur aînée au pied de la colline qui s'appelle La Molle. Je ne sais pas pourquoi la colline s'appelle La Molle, pourtant ce nom lui donne quelque chose de tendre et d'accueillant. La Molle n'est pas très élevée, mais à son sommet cependant on peut voir la mer. La ville, la mer, et l'île, certains jours de vive lumière. L'île, d'habitude invisible, trop éloignée du rivage, jaillie soudain entre les eaux, comme tout juste née à la faveur de la lumière. À l'automne, j'allais à La Molle chercher des champignons avec mon père. On ignorait la maisonnette inhabitée comme on ignorait son jardin abandonné, les branches des arbres affalées sur les hauts murs qui enserraient mal le minuscule domaine. On ignorait la maisonnette mais malgré nous elle était entrée dans notre histoire et dans nos rêves. Nous avons été bien étonnés quand ses volets se sont entrouverts et que son jardin s'est un peu dégagé.

3

Je ne la regardais pas. Je la regardais mal. Je ne la regardais qu'à la dérobée. Jamais en face. De côté, de biais, puisque, en classe nous partagions la même table. Je ne savais rien des traits de son visage.

Nous avons fini par nous fatiguer de nous moquer de Violante. Aux récréations, elle se retrouvait simplement seule, simplement, si on peut dire. Mais on aurait dit que c'était elle qui nous battait froid, on aurait dit que c'était elle qui n'avait rien à nous dire. On aurait dit que c'était Violante qui jouait les princesses. On aurait dit qu'elle estimait que nous n'étions pas du même monde, et c'était un peu vrai. En classe, il lui manquait souvent des affaires que je lui prêtais sans rechigner. Une gomme, la règle, la poésie que le maître nous avait distribuée et que nous devions apprendre par cœur. Violante avait oublié la feuille où était imprimé le poème, mais elle le savait par cœur et bien mieux que nous tous. Ce fut la première fois que j'entendis vraiment sa voix. C'était une voix très claire, aussi claire que les cheveux qui la cachaient étaient sombres et emmêlés. C'était une voix très claire et très douce, on aurait dit qu'elle ne lui appartenait pas, et le poème dans sa voix était souple et délié, comme une musique, et n'avait rien à voir avec nos ânonnements laborieux.

Nous étions seul à seule et marchions en rêvant,
Elle et moi, les cheveux et la pensée au vent.
Soudain, tournant vers moi son regard émouvant :
« Quel fut ton plus beau jour ? » fit sa voix d'or vivant,

C'était la première fois que j'entendais sa voix, que nous tous, filles et garçons de la classe du cours moyen, entendions sa voix, et secrètement nous en étions bouleversés. Puis tout reprit son cours. Mais sans que je le sache, la voix de Violante m'avait un peu ouvert non seulement les oreilles et les yeux mais quelque chose que je ne sais pas nommer, le cœur peut-être bien, sans lequel on ne peut ni entendre ni voir.

4

Et puis ce fut l'hiver. Au début du mois de janvier, un mercredi après-midi, il faisait grand beau temps, je dis à mes parents que j'allais jouer chez Émilie, mais j'avais envie de voir la mer et je m'engageai seule sur le chemin de La Molle. Je crois bien que c'était la première fois que je marchais seule aussi loin de chez moi. Je passai près de la maisonnette où vivait Violante. Je faisais mine de rien, je tournais à peine la tête mais je me sentais entièrement happée par la maisonnette. Je tournai à peine la tête et je vis que le portail était ouvert, que le jardin avait été un peu dégagé, des branches d'arbres coupés, des mauvaises herbes arrachées, mais qu'il gardait sa sauvagerie. Je marchais d'un bon pas. J'avais de la joie. J'avais même de l'exaltation à marcher seule vers le sommet de la colline. Mais à peine avais-je dépassé la maisonnette qu'une masse noire déboula du flanc de La Molle. C'était un sanglier. Il fonçait droit sur moi. Il avait été blessé par un chasseur, et sa blessure rendait fou furieux l'animal. Il était énorme. On voyait ses défenses blanches trouer son pelage noir maculé de sang. Deux traits de blanc, du noir et du rouge fusant sur moi. J'étais pétrifiée. Comme dans les cauchemars, je n'arrivais pas à m'enfuir ni même à faire un mouvement. Il me semblait que la colline tout entière s'effondrait sur moi, le monstre occupait tout mon champ de vision à mesure qu'il progressait à toute vitesse vers moi, il finissait par être aussi grand que la colline, et ses grognements, le bruit de ses sabots, des cailloux qui dévalaient, remplissaient tout. Au milieu de cette effroyable énormité surgit Violante, aussi légèrement que le sanglier avait brutalement envahi le paysage. Jamais elle ne me parut si minuscule ni si considérable. Elle fit usage de sa voix douce et claire. Je ne sais pas quelles paroles elle prononça. À son arrivée, j'avais trouvé la force de m'accroupir et de mettre la tête entre mes genoux. Je m'en remettais à elle.

Je ne sais pas quelles paroles elle prononça, mais j'entendais sa voix douce et claire. Lorsque je relevai la tête, le monstre s'était éloigné et avait retrouvé ses proportions de sanglier, grognant sa souffrance bien plus qu'une volonté obtuse de tout détruire.

Violante s'agenouilla près de moi, passa un bras autour de mes épaules.

Nous sommes restées longtemps ainsi sans dire un mot.

5

À vrai dire, je ne sais pas combien de temps nous sommes restées ainsi. J'étais épuisée après cette grande frayeur. Je me sentais pleinement rassurée près de Violante, mais il me traversa l'esprit qu'elle me tenait sous ses sortilèges. Mon ancienne manière de la considérer était toujours à l'œuvre, et j'en eus soudain tellement honte que je me levai d'un coup, bredouillai des remerciements, et m'enfuis comme une voleuse.

La nuit qui suivit, je rêvai d'elle. Je ne la voyais pas bien mais elle était près de moi. Enveloppante. C'était très doux et un peu effrayant. Je passais la main dans mes cheveux et je ne savais plus trop les distinguer des siens plus épais et plus rêches.

Le lendemain, elle arriva un peu en retard à

l'école. Il faut dire que cela lui arrivait quelquefois. Il lui arrivait encore plus souvent d'avoir l'air mal réveillée. On aurait dit qu'elle passait la nuit blanche, ce que ne démentaient pas les cernes mauves sous ses yeux. Ce matin-là, je l'attendais encore plus ardemment. Quand elle prit place à côté de moi, je lui saisis brièvement la main. Ce geste de rien scella notre amitié.

Être amie avec elle consistait à partager sa solitude. À connaître sa solitude. Car les autres, filles et garçons, ne l'admirent pas pour autant. Ils nous exclurent toutes les deux. Mais jamais je ne me sentis plus accompagnée. Nous ne nous tenions pas la main ni ne marchions bras dessus, bras dessous. Nous déambulions côte à côte dans la cour de récréation. Nous parlions de tout et de rien. Surtout de rien. Je ne me rappelle aucune de nos conversations, mais elles étaient passionnées. Peut-être parlions-nous de nos animaux préférés, de livres, de ce qu'on avait vu à la télé, de chansons, de voyages dont on rêvait, de ce qu'on ferait plus tard, jamais de nos parents, jamais de nos familles, jamais de ce qui se passait à la maison.

Nous parlions aussi de garçons. Je n'aimais pas

quant à moi un garçon en particulier, je préférais l'un ou l'autre selon les jours. Violante, elle, était amoureuse de Sacha. Il n'était pourtant pas le dernier à s'être moqué d'elle. Il avait des lèvres étonnamment rouges, comme des fraises, disait Violante, et c'était vrai. On était bien plus frappé par le rouge de ses lèvres que par le bleu de ses yeux. Il avait aussi les cheveux blonds, presque blancs, très lisses. En classe, il était assis devant nous, devant Violante plus exactement. Un après-midi, elle n'y tint plus et lui caressa les cheveux, presque dorés dans la lumière. Pas une caresse furtive. Une caresse lente, insistante. Le garçon se retourna à demi. Le sang avait afflué à ses joues, si blanches d'ordinaire. Mais il ne dit rien, il ne fit aucun commentaire. Il était médusé. J'admirai l'audace de Violante.

6

Le matin, nous nous attendions à l'embranchement à côté de chez moi et nous allions ensemble à l'école. Le soir, je la raccompagnais un bout de chemin. Nous n'en finissions plus de nous tenir compagnie. Je découvrais combien, avant elle, j'avais été seule. Quelquefois je la raccompagnais jusqu'à chez elle, jusqu'au portail, pas plus loin, je n'entrais pas dans la maison, je n'entrais même pas dans le jardin. Je raccompagnais Violante jusqu'au portail de sa maison, puis je rentrais chez moi en courant comme si le sanglier était toujours à mes trousses. Je sentais qu'avec Violante on frôlait le danger, et je sentais qu'il y avait là du plaisir un peu trouble.

Souvent elle entrait dans mes rêves. Si bien qu'il me semblait dormir avec elle. Je ne savais plus le vrai du faux, je mélangeais la nuit et le jour. Avec Violante s'émoussaient les frontières. Je ne voyais plus sa tache rouge et je voyais ses yeux sous la broussaille de ses cheveux.

Et puis ce fut le printemps, on sortit du demi-sommeil, on ne voulait plus du jour ganté de nuit ni de la nuit ouverte aux quatre vents. On sortait la tête du sac. Sac de plumes. Sac de délices et d'effroi. On sortait la tête du sac. On tenait des propos raisonnables. Pourquoi viens-tu chez moi faire les devoirs, boire un verre de limonade, et pourquoi ne puis-je pas aller chez toi ? On disait que l'amitié, c'était donnant, donnant. On oubliait tout ce que Violante nous avait laissé entrevoir contre un verre de limonade. On croyait être dessillées. On croyait recouvrer nos esprits. On croyait se secouer comme un chien mouillé. C'était juste le printemps qui nous donnait de l'impatience, des fourmis dans les jambes, l'envie de courir vite, de dire n'importe quoi, et de la joie aussi.

On avait envie de porter des habits légers et

de dire des bêtises. De rire de tout et de rien. Je faisais les yeux doux à Émilie, j'étais prête à trahir Violante. Je tannais Violante, il me fallait aller chez elle, entrer dans son jardin, dans sa maison. J'en faisais une question de principe. Puisque tu viens chez moi, je dois aller chez toi. L'amitié, c'est donnant, donnant. J'étais comme les autres.

Et puis un soir, sur le chemin, tout à coup Violante se mit à pleurer. Pourtant, ce soir-là, je n'avais rien demandé, ne l'avais pas brusquée, n'avais pas parlé d'aller chez elle, nous avions même eu le fou rire en inventant des grimaces à tour de rôle. Elle pleurait comme je n'avais jamais vu pleurer. Une vraie fontaine. Elle pleurait toutes les larmes de son corps, comme dirait ma grand-mère. On aurait dit que c'était vrai, qu'elle allait s'assécher. Elle pleurait trop fort, trop grand pour moi. Je ne savais pas comment la consoler.

Et comme, pour finir, je tentais maladroitement de la prendre par les épaules, elle se dégagea brusquement et s'enfuit vers sa maison. Elle me laissa en plan et je ne tentai pas de la rattraper. Je me sentais démunie. Et, pour dire la vérité, un tel chagrin m'effrayait un peu.

7

Le lendemain, elle ne vint pas à l'école. Sa chaise vide me donnait mal au ventre. À la récréation, j'errais comme une âme en peine, et Sacha qui s'amusait à courir autour de moi laissa tomber en me frôlant : « Alors, Peau-Rouge t'a abandonnée ? » Il riait sans joie. Et ce rire mauvais l'enlaidissait. Sa bouche n'avait plus rien d'une fraise. Je me dis que c'était Violante qui le rendait beau, son regard à elle, ses mots à elle. J'avais le cœur lourd.

Il y eut le samedi et le dimanche à traverser avec ce poids. Ma tante et mon oncle étaient venus nous rendre visite. Je construisis une cabane avec mes cousins dans le jardin, sur les branches basses du grand cerisier. Cela nous prit tout le week-end.

Lorsque mes cousins partirent, je grimpai dans

l'arbre et me blottis dans notre abri de planches. Toute petite dans mon terrier.

Elle ne réapparut ni le lundi ni le mardi. J'avais mal au ventre et j'avais la gorge nouée. Sur le chemin de l'école, j'éprouvais encore plus son absence. J'avais du mal à respirer. Le mercredi, je n'y tins plus, j'allai du côté de chez elle. Je passai devant le portail de sa maison. Je crois bien que je marchais sur la pointe des pieds.

Je la vis. Elle était assise sur le petit escalier devant la porte. Elle se tenait tête baissée, le visage entre les genoux, sa tignasse sombre l'auréolant. Elle se redressa à mon arrivée et, presque aussitôt, elle me fit signe de venir.

Je pénétrai dans le jardin. Il me happa sans préambule dans l'abandon où on le laissait. Il avait été un peu nettoyé depuis que Violante habitait la maison avec son père et sa sœur, mais il était toujours abandonné. Plus on avançait, moins on voyait le ciel. On ne se croyait plus au printemps. Le jardin avait l'air définitivement hors saison. Il était passé du côté de la nuit. Les lianes énormes des glycines étranglaient les fines arcatures de métal qui les avaient autrefois accueillies, elles s'enfonçaient dans la chair de la rouille. On ne voyait plus le ciel, plus on avançait, plus on ramenait le drap du lit sur sa tête. Au bout de quelques pas seulement, j'avais disparu sous le drap, dans la rumeur des feuilles tombées, des brindilles et de tout un humus accumulé qui crépitaient sous mes pieds. Bientôt, entre les buis très sombres et les touffes de rosiers des chiens, j'entrevis des plantes biscornues qui se pavanaient dans l'humidité des lieux. Le bassin était pourtant à sec mais il n'avait plus besoin d'eau : elle se cachait dans la légère odeur de moisi des feuilles qui le jonchaient ou dans la mousse qui verdissait les pierres de la margelle comme les melons, grenades et raisins saisis dans le panier de pierre qu'on découvrait soudain sur un pilier embrassé de lierre. Je me retournais souvent car le bruit effroyable que je faisais en marchant dans l'épaisseur des feuilles me faisait croire que j'étais suivie. Au bout de l'allée trônait une grosse jarre où se répandait une plante encore plus étrange. Sa couronne de feuilles pâles qui retombaient lourdement sur le pot n'était guère remarquable. Toute sa force, la plante l'avait concentrée dans son corps mauve comme du vin, un corps renflé, hideux, grumeleux qui était la fleur et la gueule de la plante, une plante carnivore, m'apprendrait Violante. Sinon, le jardin était si obscur que les fleurs s'étaient exténuées à fleurir pour rien, les impatientes avaient dépéri, les berceaux des roses de Banks n'étaient plus éclairés que de quelques étoiles, seule la glycine paraissait éternelle, et la plante carnivore bien sûr, la bouche d'ombre où battait le cœur du jardin obscur.

Violante me parut soudain minuscule sur la marche de l'escalier, et je devais être minuscule moi-même, comme si le jardin nous rapetissait.

Je serrai Violante dans mes bras et elle me fit entrer dans la maison.

8

Ni sa sœur ni son père n'étaient à la maison, dont l'intérieur avait l'air encore plus abandonné que le jardin. Je compris sur-le-champ pourquoi Violante ne voulait pas que je sache dans quel désastre elle vivait, et j'eus honte de mon insistance. Car il s'agissait bien de désastre. Les propriétaires avaient laissé des meubles, sans doute luxueux en leur temps mais décrépits désormais. Leurs anciennes dorures se mêlaient aux pauvres affaires des nouveaux occupants. Des matelas à même le sol dans les chambres, quelques chaises pliantes, les vêtements entassés çà et là. Dans la salle à manger, le lustre à pampilles tentait de résister, le grand miroir perdait son tain et il était si sale qu'à la hauteur de son visage quelqu'un avait cru bon d'enlever la poussière avec un papier journal qui traînait encore par terre. Sinon il n'y avait plus de table, plus de fauteuils, la salle à manger était dévastée. Le désordre régnait partout comme la saleté. La chambre de Violante faisait front. Le sol semblait propre, le lit était fait, les vêtements pliés et entassés sur deux chaises ; une petite table en bois faisait office de bureau, quelques poupées alignées contre le mur montaient la garde. On respirait un peu.

Je m'assis à côté d'elle, sur son lit, et Violante, sans me regarder, me dit qu'elle n'était pas venue à l'école car c'était l'anniversaire de la mort de sa mère. « Mon père est si triste alors que j'ai peur qu'il fasse des bêtises. Je n'ai pas connu ma mère. Elle est morte peu après ma naissance. Je ne sais pas de quoi elle est morte. Mon père ne nous a rien dit, ni à ma sœur ni à moi. Parfois j'ai peur qu'elle soit morte à cause de moi. Je ne sais pas. Tout ce que je sais, c'est que ma mère m'a donné mon prénom qui est aussi le prénom de ma grand-mère italienne. Je connais un peu ma grand-mère, elle est venue nous voir deux ou trois fois. Je crois qu'elle ne s'entend pas avec mon père. Elle habite un village des Pouilles, dans le sud de l'Italie. Un jour, j'apprendrai l'italien, j'irai la trouver, elle me parlera de ma mère, elle me dira tout. »

Violante se tut un instant, puis elle ajouta : « Violante, ce n'est pas ce que tu crois, c'est un mot de la famille de *Violette*. Violette, Violetta, Violante. Violante est une fleur, une violente violette que ma mère a peinte sur ma joue. Tu savais qu'il existe des violettes rouge sang ? »

9

J'écoutais Violante, je ne disais rien, je connaissais l'étendue de son chagrin et il m'intimidait. J'étais si loin de la vie de Violante, si loin d'avoir été comme elle bousculée, si loin d'un pareil délabrement, et pourtant jamais je ne m'étais sentie aussi proche d'elle, qui m'avait accordé sa confiance, ouvert sa maison et son malheur.

Il me sembla un instant que nous étions seules au monde, perdues sur un radeau au milieu de la mer démontée. Je me rapprochai de Violante. Elle secoua la tête comme pour chasser les mauvaises pensées et me dit en riant : « N'aie pas peur ! » Toujours Violante m'effrayait et me protégeait à la fois.

Je me demandais comment elle pouvait rire, comment elle pouvait être la petite fille vive qui m'accompagnait dans la cour de récréation et sur le chemin de l'école. Je gardai mes interrogations pour moi, mais on aurait dit qu'elle m'avait entendue. Elle se tourna vers moi, me regarda dans les yeux et chuchota : « Un jour, je te dirai mon secret. »

10

Violante revint à l'école, mais tout ne reprit pas son cours comme avant. Rien n'avait changé et tout avait imperceptiblement changé. C'était comme si nous faisions plus attention l'une à l'autre. Le timbre de la voix. Le regard. Même la façon d'être côte à côte, de marcher ensemble. C'était invisible pour les autres et précieux pour nous. Mais plus le beau temps s'installait, plus je me demandais quel pouvait bien être son secret et quand elle allait me le confier. Cette ombre grandissait à mesure que s'intensifiait la lumière.

On était au mois de mai. Une fin d'après-midi, à la sortie de l'école, une dame attendait Violante. Une dame d'âge mûr, encore très belle. Grande, charpentée, de larges épaules. Ses cheveux noirs, rehaussés de quelques cheveux blancs, ondulaient autour de son visage vigoureusement dessiné avec un vaste front, des pommettes saillantes, de splendides yeux gris-bleu. C'était sa grand-mère italienne. C'était Violante, *Violanté*, lorsqu'il est prononcé à l'italienne. Les deux Violante se reconnurent sur-le-champ alors qu'elles se connaissaient à peine.

Ce soir-là, Violante partit seule avec sa grand-mère. Elle eut à peine un regard vers moi, et j'en éprouvai un peu de tristesse.

Le lendemain, elle était méconnaissable. Sa grand-mère avait démêlé, lavé avec soin et brossé longuement ses cheveux. Sa grand-mère l'avait coiffée. Elle lui avait tressé une natte un peu lâche qui dégageait son visage et la tache sur sa joue. Mais on découvrait encore plus combien Violante était jolie, combien ses yeux étaient brillants, deux pierres noires qui vous donnaient un coup au cœur. Plaisir et douleur mêlés.

Violante évitait de nous regarder. Elle s'était cachée si longtemps derrière sa tignasse qu'elle se sentait mise à nu par ses cheveux tirés et nattés. Quand elle s'assit à côté de moi en classe, je lui saisis brièvement la main comme il y a quelques mois et je la vis sourire en me regardant du coin de l'œil.

Il y a quelques mois : une éternité, tant nous avions changé elle et moi.

La journée fut très joyeuse. Une vraie journée de printemps. Violante aussi avait fleuri.

À la sortie de l'école, sa grand-mère l'attendait de nouveau. J'allais m'éclipser lorsque Violante m'appela, me présenta à sa grand-mère et me demanda de les accompagner. Je fis la route avec elles.

11

Pendant quelques jours, dix tout au plus, nous avons marché toutes les trois ensemble sur le chemin de l'école. Le soir, avec les jours qui rallongeaient, le retour de l'école n'en finissait plus. La grand-mère de Violante connaissait un peu de français, elle nous apprenait des mots en italien. Mais surtout elle connaissait les plantes et les animaux mieux que personne. Elle nous les désignait, racontait des histoires à leur propos. Le plus fort est que je comprenais alors tout ce qu'elle disait, même en italien. Elle nous racontait des histoires et ses yeux brillaient comme ceux de sa petite-fille.

On aurait dit que nous formions un trio depuis toujours, mais nous savions combien il était fragile, combien il ne tenait qu'à un fil. Nous ne perdions pas une miette de ces moments. Pour Violante et pour moi, c'étaient nos derniers jours à l'école primaire, nos derniers jours à la petite école avant l'été, nos derniers jours avant le collège qui nous faisait un peu peur. La grand-mère de Violante, quant à elle, rentrerait bientôt en Italie. Et qui sait quels autres changements nous attendaient ?

Chacune de ces journées fut une fête. La grand-mère de Violante – Violante senior, comme elle disait – était si joyeuse. Elle riait souvent plus fort que nous. À la sortie de l'école, elle nous apportait des petits biscuits qu'elle avait confectionnés dans la journée. Je me souviens des *tarallini* en forme d'anneaux, et particulièrement de ceux qu'elle avait recouverts d'un glaçage au citron et qu'elle appelait les « yeux de sainte Lucie ». Il me semblait que je n'avais pas d'autres amies, pas d'autre famille que Violante et sa grand-mère. Il me semblait que nous étions seules au monde, mais emplies de notre solitude partagée, de notre solitude à trois, il me semblait que trois était le chiffre parfait.

12

Et puis la grand-mère de Violante s'en est retournée en Italie. Violante senior te promet qu'on se reverra un de ces jours, m'a-t-elle dit avant de partir. Je ne pleurai pas, mais ma gorge était nouée et je ne trouvai rien à répondre. L'harmonie miraculeuse de notre trio se rompit, les doutes me revinrent, et même plus qu'avant. Violante ne m'avait toujours pas dit son secret. Je me demandais si elle en avait parlé pour se faire mousser, pour éveiller ma curiosité et cruellement la décevoir. Elle semblait avoir oublié sa promesse.

13

Au mois de juin, il faisait très chaud. On aurait dit le plein été. Nous préparions la fête de l'école qui revêtait pour nous, les grands, un caractère tout particulier. Mais nous faisions semblant d'être déjà détachés, de considérer ces préparatifs comme des enfantillages indignes de nous. En vérité, pour rien au monde nous n'aurions raté la fête. En vérité, nous faisions connaissance avec les regrets comme nous allions quitter la petite école, les trajets à pied et même un peu le village. À la rentrée, nous prendrions le bus pour aller au collège, en ville, où nous passerions la journée. À cette idée nous avions un peu peur, nous étions excités, joyeux même, et tristes aussi. Parfois nous éprouvions tous ces sentiments à la fois. Pour la préparation de la fête de fin d'année, je retrouvais la complicité avec mes anciens camarades. Il m'arrivait d'oublier Violante, d'autant qu'elle participait de loin à notre agitation. Mais je la retrouvais sur le chemin de l'école et, malgré les doutes, la nostalgie qui me faisait regarder en arrière, elle m'attirait comme aucun de mes camarades ne m'avait jamais attirée.

Pourquoi ne dirais-tu pas un poème pour la fête de l'école ? Je pensais à la révélation qu'avait été sa voix, sa « voix de récitation », très claire et très douce, une voix que je ne lui connaissais pas et qu'elle semblait offrir au poème et à nous comme on fait une fleur. Pourquoi ne dirais-tu pas un poème pour la fête de l'école ? Elle n'a pas répondu tout de suite. Je ne viendrai pas à la fête, elle a chuchoté. J'ai cru avoir mal entendu. Qu'est-ce que tu dis ? Je ne viendrai pas à la fête, je serai déjà partie, elle a dit plus fort, très vite. Je vais vivre en Italie, chez ma grand-mère en Italie. Elle m'annonçait notre séparation, sans doute définitive, et je n'éprouvais rien. Le chemin ne s'ouvrait pas sous nos pieds, le tonnerre ne retentissait pas dans le ciel, je n'éprouvais rien. Je me rendais compte que Violante senior n'était pas venue faire un tour mais négocier le départ de sa *nipotina*, sa petite-fille, elle était venue m'enlever mon amie. Tu sais, je ne peux plus vivre comme ça, et même si j'ignorais beaucoup de choses, en me rappelant simplement la maison où elle vivait, je ne pouvais pas lui donner tort.

Viens chez moi demain. Je serai seule. Comme toujours, ai-je pensé rapidement. Le lendemain était un mercredi. Elle aurait tout le temps de me délivrer son secret. Je n'avais pas imaginé qu'elle me le délivrerait en guise de consolation.

LE SECRET

1

Violante m'attendait, pelotonnée sur le petit escalier devant la porte de sa maison. Je me dis que plus tard c'est ainsi que je la verrais en passant devant la maison où elle n'habiterait plus, et j'eus le cœur gros.

Elle me fit entrer dans sa maison ; dans sa chambre, on s'est assises toutes les deux sur le matelas. Quand je repense à ce qu'elle me dit ce jour-là, je ne suis pas sûre de l'avoir entendu de sa bouche, il me semble parfois que nous nous sommes endormies et que nous avons rêvé ensemble le secret de Violante.

Violante me dit sans préambule – désormais elle était pressée de délivrer son histoire – que la nuit il lui suffisait de frotter la tache rouge sur sa joue pour s'envoler. Oui, pour s'envoler. Dans les airs, pour de vrai. Et il te suffit de frotter la tache ? Tu veux dire : comme on frotte un meuble ? Si tu veux. Il paraît qu'un médecin pourrait l'enlever cette tache, mais tu comprends que j'y tienne. Peut-être un jour, quand je serai grande, si je ne sais plus voler. Dans longtemps, très longtemps. À présent, la nuit, je voyage, me dit Violante. Tu voles, vraiment, tu voles, tu étends les bras comme des ailes ? Tu voles, vraiment, tu voles dans le noir ? Tu es une sorcière alors ? Tu enfourches un balai ? Elle rit. Violante est une sorcière mais elle rit comme une enfant. Violante est une sorcière et une enfant. Violante est mon amie. Elle rit. Non, pas de balai. J'étends les bras. À peine. Parfois je bats un peu des pieds. C'est comme nager. Mais en beaucoup plus facile. L'air me porte davantage que l'eau. Je vire de bord d'un simple mouvement d'épaule. Je monte ou je descends en levant ou en baissant la tête. Je vire de bord, je virevolte pour le plaisir. Je n'ai pas la légèreté d'une plume. C'est plutôt que mon corps, il me semble, se couvre de plumes. Je sens particulièrement mes plumes au bout de mes doigts. Elles dépassent un peu. Elles me chatouillent la peau. J'ai des bras et des ailes en même temps. Je sens le vent sur mes plumes, c'est la caresse la plus douce qu'on puisse imaginer, mais aussi la plus appuyée. Une caresse douce et forte en même temps. Le vent soulève mes plumes, m'ébouriffe. Le vent me transporte. Il joue avec moi. Il virevolte et je virevolte avec lui.

Le vent m'ouvre les yeux, la nuit je vois mieux qu'en plein jour, je vois plus, bien plus, je vois ce que je ne vois jamais, je vois la sève des arbres et les cellules des plantes, je vois les vaisseaux sanguins des animaux, leur résille délicate, et je sais que les animaux voient mes vaisseaux sanguins, leur résille délicate. La nuit est en couleurs. Je vois les couleurs de près, elles ne m'éblouissent pas, elles m'absorbent, j'entre en elles. Au début j'avais peur, je croyais que je devenais folle, et puis le vent a caressé ma peur aussi, une caresse douce et forte, et ma peur s'est tenue tranquille. La nuit je voyage avec des oiseaux mais aussi avec les renards et les musaraignes, je les frôle, je me tiens comme eux aux aguets, parfois je rentre dans les terriers et un instant je dors en boule avec les petits. Je dors à l'intérieur du sommeil. On dirait que je coule et c'est irrésistible. Je me berce avec les petits des bêtes. Depuis que je voyage avec des animaux, je crois que j'ai plus de bonté qu'avant. Je crois qu'avant je ne savais pas ce qu'était la bonté. Je traverse des mondes. Parfois je n'ai pas envie de rentrer. Je pense à toi, à ma grand-mère Violante, à ma mère. Lorsque je traverse des mondes, ma mère n'est pas morte, elle m'accompagne comme ma grand-mère et toi m'accompagnez. Parfois je n'ai pas envie de quitter la nuit, je n'ai pas envie de rentrer. Mais je rentre. Il me suffit de frotter la tache sur ma joue pour revenir. Toujours je reviendrai. Toujours je traverserai des mondes en pensant à toi.

Est-ce que tu crois que je suis une sorcière ? Moi, je ne sais pas ce qu'est une sorcière. Je n'ai pas de balai, je ne jette pas de sort et depuis que ma grand-mère m'a peignée comme il faut je n'ai même plus ma tignasse de sorcière. Elle rit. Et je ris avec elle. Tu nous faisais un peu peur. Je vous faisais très peur et j'avais très peur de vous aussi. Quand je vole, la nuit, je n'ai pas peur. Je ne suis pas triste, je suis proche des plantes, des arbres, des animaux et des gens que j'aime. Peut-être même de ceux que je n'aime pas. Je suis toute seule dans la nuit, dans le vent, mais jamais je ne suis aussi proche des autres qu'à ce moment-là. Alors rien ne me manque. Est-ce que c'est ça, être une sorcière ? Est-ce qu'on brûlait les sorcières pour les punir de savoir comme ça fait lorsque rien ne manque ? Pour les punir de connaître la joie ? Un feu de joie qui éclaire l'obscurité, qui se mêle au vent et fait voler encore plus vite, encore plus haut.

Tout en parlant du feu de joie, Violante étend ses bras menus, un peu, à peine, et un instant, une seconde, je vole avec elle, des étincelles crépitent autour de nous.

2

Après, on est sorties dans le jardin. Je n'étais pas abasourdie, peut-être même pas étonnée. J'avais toujours su que Violante était extraordinaire, qu'elle n'était pas comme nous, mais que bizarrement personne ne m'était plus semblable qu'elle. Je me sentais légère. On a regardé les fleurs qui avaient trouvé un chemin pour se dégager de l'ombre et des buissons envahissants. Elles se pavanaient au soleil. La plante carnivore m'a paru bien inoffensive. Je me sentais légère. Le secret que Violante m'avait délivré me délivrait moi-même.

J'ai demandé à Violante si elle savait toujours le poème par cœur. Elle a sauté sur un petit banc de pierre. Elle a pris une pose comique de tragédienne. Elle a dit le titre et le nom de l'auteur comme une bonne élève. « Nevermore », de Paul Verlaine. Elle a récité l'extrait que je connaissais et la fin qu'elle avait apprise depuis. Je ne comprenais pas tout du poème, je ne comprenais presque rien, et ça m'était bien égal. « La voix de récitation » de Violante était pour moi la musique la plus pure, le chant le plus doux.

Nous étions seul à seule et marchions en rêvant,
Elle et moi, les cheveux et la pensée au vent.
Soudain, tournant vers moi son regard émouvant :
« Quel fut ton plus beau jour ? » fit sa voix d'or vivant,

Sa voix douce et sonore, au frais timbre angélique
Un sourire discret lui donna la réplique,
Et je baisai sa main blanche, dévotement.

– Ah ! les premières fleurs, qu'elles sont parfumées !
Et qu'il bruit avec un murmure charmant
Le premier oui qui sort de lèvres bien-aimées !

Ce fut notre fête d'adieu.

3

Il y eut l'été, il y eut la rentrée des classes au collège. Au début du mois d'octobre, un soir, le bus nous ramenait au village. Sacha s'était installé à la place restée libre à côté de moi. On n'était pas dans la même classe. On s'était entraperçus, mais pas vraiment côtoyés depuis la fête de fin d'année à la petite école. Pendant le trajet on n'a presque rien dit. Sacha semblait intimidé et je l'étais aussi. Mais ses lèvres étaient de nouveau rouges comme les fraises.

Arrivés au village, on a marché un moment côte à côte. Il y a eu soudain quelque chose d'inhabituel. On s'est arrêtés. On n'a pas compris tout de suite. On était enveloppés d'une immense clameur. On n'a pas compris tout de suite qu'elle venait du ciel. On a levé la tête. Le soleil était encore haut et le bleu du ciel flambait. Des milliers d'oiseaux traversaient le ciel. De grands oiseaux migrateurs qui se dirigeaient vers le sud en criant. Des grues cendrées, a dit doctement Sacha. Tu vois, elles volent par vagues en forme de V.

V comme Violante, j'ai dit tout fort.

De la même autrice à *l'école des loisirs*

Collection MÉDIUM
Aïzan

Collection MÉDIUM+
Lampedusa